SV

Band 930 der Bibliothek Suhrkamp

Peter Handke

Gedicht an die Dauer

Suhrkamp Verlag

Erste Auflage 1986

Druck: Nomos Verlagsgesellschaft, Baden-Baden
Printed in Germany

Gedicht an die Dauer

Zur Erinnerung an René Kalisky,
an dessen verlassener Wohnung
ich kürzlich vorbeiging.

Schon lange will ich über die Dauer schreiben,
keinen Aufsatz, keine Szene, keine Geschichte –
die Dauer drängt zum Gedicht.
Will mich befragen mit einem Gedicht,
mich erinnern mit einem Gedicht,
behaupten und bewahren mit einem Gedicht,
was die Dauer ist.

Immer wieder habe ich die Dauer erfahren,
im Vorfrühling an der Fontaine Sainte-Marie,
im Nachtwind an der Porte d'Auteuil,
in der Sommersonne des Karstes,
im vormorgendlichen Heimweg nach einem
   Einssein.

Diese Dauer, was war sie?
War sie ein Zeitraum?
Etwas Meßbares? Eine Gewißheit?
Nein, die Dauer war ein Gefühl,
das flüchtigste aller Gefühle,
oft rascher vorbei als ein Augenblick,
unvorhersehbar, unlenkbar,
ungreifbar, unmeßbar.
Und doch hätte ich, mit ihrer Hilfe,
welchen Widersacher auch immer
anlachen und ihn entwaffnen können,
hätte die Meinung,
ich sei ein böser Mensch,
umgewandelt in die Überzeugung:
»Er ist gut!«,
wäre, gäbe es einen Gott,
das Gefühl der Dauer lang dessen Kind
gewesen.

Noch gestern hörte ich auf dem Waagplatz in
Salzburg,
in dem Geschiebe und dem Gerassel des
immerwährenden Einkaufstags,
eine Stimme wie vom anderen Ende der
Stadt her
meinen Namen rufen,
begriff im selben Moment,
daß ich den Text der *Wiederholung*,
mit dem ich zur Post unterwegs war,
am Marktstand vergessen hatte,
vernahm, zurücklaufend, jene andere Stimme,
welche vor einem Vierteljahrhundert,
in der Nachtstille eines Außenbezirkes von Graz,
vom anderen Ende der leeren langen geraden
Straße
ähnlich fürsorglich, wie von oben herab, mir
entgegenkam,
und konnte da das Gefühl der Dauer
umschreiben
als ein Ereignis des Aufhorchens,

ein Ereignis des Innewerdens,
ein Ereignis des Umfangenwerdens,
ein Ereignis des Eingeholtwerdens,
wovon?, von einer zusätzlichen Sonne,
von einem erfrischenden Wind,
von einem lautlosen, all die Mißtöne
  zurechtstimmenden
und einigenden zarten Akkord.

»Tage währts, Jahre dauerts«:
Goethe, mein Held
und Meister des sachlichen Sagens,
du hast es wieder einmal getroffen:
Die Dauer hat mit den Jahren zu tun,
mit den Jahrzehnten, mit unserer Lebenszeit;
die Dauer, sie ist das Lebensgefühl.

Unnötig vielleicht, zu sagen,
daß keine Dauer ausgeht
von den täglichen Katastrophen,

den sich wiederholenden Widrigkeiten,
den neuaufflammenden Kämpfen,
dem Zählen der Opfer.
Der wie üblich verspätete Zug,
das dich wieder einmal mit dem Pfützendreck
überschüttende Auto,
der dich mit dem einen Finger
über die Straße winkende schnurrbärtige Polizist
– an der Stelle des glattrasierten von gestern –,
die alle Jahre an einer anderen Stelle
wiederkehrende Stinkmorchel im Gartendickicht,
der dich allmorgendlich anknurrende
  Nachbarhund,
die mit jedem Winter neu aufjuckenden
  Kinderfrostbeulen,
die immergleichen Schreckensträume
vom Verlorengehen der Liebsten,
das ewige plötzliche Einanderfremdwerden
zwischen zwei Atemzügen,
das Elend der Heimkunft ins Heimatland
nach deinen Weltforschungsreisen,

jene Myriaden vorweggenommener Tode
in der Nacht vor dem ersten Vogellaut,
die tägliche Attentatsnachricht im Radio,
das täglich niedergefahrene Schulkind,
die täglichen bösen Blicke des Unbekannten:
Das alles vergeht zwar nicht
– wird nie vergehen, wird nimmer aufhören –,
doch es hat keine Dauerkraft,
es strahlt nicht die Wärme der Dauer aus,
es gibt nicht die Tröstung der Dauer.

Notwendig dagegen, zu unterscheiden:
Auch »des Augenblicks erstaunenswerte
  Wunder,
die sind es nicht, die das beglückende,
das ruhig mächtige Dauernde erzeugen«.

Hubert und Felix, als wir im letzten Sommer
entlang der türkischen Küste segelten,
ankerten wir in einer kleinen Bucht
und fuhren mit dem Schlauchboot ans Land.

Es war, wie all die zwei Wochen,
ein wolkenloser warmer leicht windiger Tag,
und wir wanderten über einen Hügelrücken
zur Nachbarbucht.
Auf dem Weg sammelte ich den wilden Salbei
und die Minze,
womit uns dann Felix, der kindliche Meisterkoch,
zurück auf dem Schiff, den Hummer gewürzt hat.
In der anderen Bucht stand ein Mandelbaum,
die Schalen halb offen wie Luftmuscheln.
Ich stieg hinauf und schüttelte die Äste,
daß es unten auf dem Boden
ein Prasseln und Klopfen gab,
welches mir heute noch,
zurück in der kontinentalen Kaltluft,
in meinen Ohren tönt.
Dann schwammen wir zu dritt im weinfarbenen
Meer,
selig, und auch ein bißchen verlegen vor Seligkeit.
Auf dem Rückweg pflückten wir Weintrauben,
die sich hinaufflochten in die Manna-Eschen,

pflückten die gelben und bläulichen Feigen,
umsurrt von Hornissen,
bedrängt von den früchteneidischen
    Ziegenböcken,
pflückten die noch nicht reifen bekrönten
    Granatäpfel,
Insignien unserer puren Anwesenheit,
pflückten die langen schwarzen Schoten
vom Johannisbrotbaum,
die mit den glänzenden erbsenförmigen
    steinharten Kernen darin,
kamen, alle Hände voll mit dem,
was der Ausklang eines einzigartigen Mahles
    werden sollte,
zurück zu unserem Ufer
und blieben noch lange dort,
den Blick auf das Schiff mit dem Sonnensegel,
und weiter im Kreis auf das hitzeflirrende
zikadenschrillende Landesinnere,
mit der byzantinischen Kirchenruine,
dem lykischen Sarkophag

– kieloben gestrandetes Steinboot,
kaum kenntlich unter den anderen Felsenformen –
und dem dunklen Bettzeug
der Sommernomaden der Jetztzeit
oben in den Kronen der Bäume,
in der Nase den Duft der Kräuter
und den Verwesungsgestank
von den Überbleibseln
– den Klauen, den Fellstücken, dem Blut –
der für uns Touristen hingeschlachteten Lämmer,
horchend auf das Plätschern des einen Brunnens
und die das Wasser umsurrenden
schlanken türkischen Hornissen.
Einmalig war dieser Vormittag,
und ich konnte, vergleichs- und
mythenversessener Hubert,
dich da verstehen,
daß du den Schauplatz »biblisch« nanntest:
Weder Propheten noch Rahel am Brunnen
brauchten mehr aufzutreten –
er spielte für sich schon die Szene.

Doch mein Ergriffensein und meine
Dankbarkeit,
sie waren nicht rein:
Sie wurden getrübt von einer Beklommenheit,
einer Wehmut, einem Schmerz,
die mich versteinerten.
Mir war, ich sei aus der Welt,
für immer aus ihr verstoßen,
hätte mit diesen Augenblicken
das Recht verloren, am Leben zu sein.
Es war mir zum Sterben,
und nicht etwa vor Glück.
Ich wollte mit dem Kopf in eine Schiffs-
schraube,
so wie ich einmal mit dem Kopf
durch das Glasfenster eines Aussichtsturms
wollte,
auf solche Weise mich trennen von der
Schönheit,
der Erde, dem Paradies,
der heiligen Stadt Zion, der trügerischen Liebe.

Und dieser Zustand verging nicht.
Für den Rest der Fahrt blieb ich abwesend,
die Augen aufgerissen vor Schwermut,
das Herz ein schwachböses Ticken,
ein Lebensgeist nur, wie so oft, bei der Arbeit,
im täglichen Winkel,
gebeugt über die Wörter,
die Ursprungsbezeichnungen,
die Urworte des Menschensohns Aischylos:
»Die Ganzmutter Erde«, »das Gelächter,
unzählbar, der Meereswellen«,
dem sich erneuernden Schein
unsres »Wetterleuchtens« durch sein altes
griechisches »Sternauge«.
Nein, schon am Tag des Erlebens war mir
bewußt,
daß dem Wunder die Dauer fehlte.
Zwar konnte ich den Augenblick festhalten,
doch ich hatte, selbst dann,
nicht das Recht auf ihn.
Nach Hause, nichts wie nach Hause, so dachte ich,

zurück in den ärmlichen Garten,
welchen ich, mitsamt den da aufschießenden
grauen Grasrispen,
den Löwenzahnsporen (obenauf noch der
verschrumpelte Blütenrest),
den ihr Wurzelgeflecht immer weiter
vorschiebenden
Brennesseln (Nistplatz der Schmetterlinge)
und den Tautropfen, hochaufgewölbt,
mit gespannter Silberhaut,
in den Blatttrichtern der Frauenmäntel,
im Stich gelassen hatte für diese
mir nicht bestimmte mittelmeerische Pracht,
versäumend das Aufblühen der lindblauen
Käsepappel,
der purpurnen Malven, der weißwinzigen
Thymianlippen,
das Reifen der Holundertrauben
(der ganze Busch voll schmatzender Amseln),
der Haselnußbündel mit ihren Halskrausen
(der ganze Busch voll spuckender Eichkatzen),

der Königinbirnen
(der ganze Baum voll nagender Wespen,
der ganze Boden voll speichelnder Schnecken)
und auch das herbstliche Knistern
der ersten welken Blätter im Nußbaum.
Ich habe es, wieder einmal, erfahren:
Die Ekstase ist immer zu viel,
die Dauer dagegen das Richtige.

Doch die Berufung auf den heimischen Garten,
sie soll nicht heißen,
daß Dauer erreicht werden kann
durch festen Wohnsitz
und durch die Gewohnheiten.
Zwar kommt sie aus den über die Jahre
geübten Tagtäglichkeiten,
ist aber unabhängig vom Bleiben am Ort
und von den vertrauten Gängen.
Nie habe ich die Dauer erfahren
an meinem Stammplatz
– in jenem »Stillesitzen«,

wodurch man angeblich »heilig« werde –,
nie habe ich die Dauer erfahren
an gleichwelchen Stammtischen
– die entsprechenden Schilder,
jedes Wirtshaus in Ehren,
sind mir zuwider –,
habe nie die Dauer erfahren
im Verzehren der »Leibgerichte«,
im Anhören eines »Lieblingslieds«,
im Wandern auf »meinem« Weg.

Wohl ist die Dauer das Abenteuer des
 Jahraus-Jahrein,
das Abenteuer Alltäglichkeit,
aber sie ist kein Abenteuer des Müßiggangs,
kein Abenteuer einer (noch so aktiven)
 Freizeit.

Ist sie, demnach, mit der Arbeit verbunden,
der Mühe, dem Dienst, der steten Bereitschaft?
Nein; denn hätte sie eine Regel,

dann verlangte sie vielleicht nach einem
Paragraphen
und nicht nach einem Gedicht.
Ich habe sie ja erlebt auch als Reisender,
als Träumer, als Lauscher,
als Spielender, als Betrachter,
auf einem Sportplatz, in einer Kirche,
in sehr vielen Pissoirs.

Nähern möchte ich mich trotzdem
dem Wesen der Dauer,
es andeuten können, ihm gerecht werden,
es zum Schwingen bringen,
es, das mir immer wieder den Aufschwung gibt.
Doch da stellt sich fürs erste nur eine Litanei
aus vereinzelten Wörtern ein:
Quelle, Neuschnee, Spatzen, Wegerich,
Morgenwerden, Abendwerden, Wundverband,
Einklang.

Auf die Dauer ist kein Verlaß:
Nicht einmal der Fromme,
der täglich zur Messe geht,
nicht einmal der Geduldige, der Künstler des
  Wartens,
nicht einmal der Treue,
der ohne Beirrung immer für dich sein wird,
kann ihrer ein Leben lang sicher sein.
Zu wissen glaube ich,
daß sie möglich nur wird,
wenn es gelingt,
bei meiner Sache zu bleiben
und dabei behutsam zu sein,
aufmerksam, langsam,
voll Geistesgegenwart bis in die Fingerspitzen.

Und was ist die Sache,
bei der ich zu bleiben habe?
Sie wird in der Zuneigung
zu den Lebendigen erscheinen
– dem einen von ihnen –

und in dem Bewußtsein einer Verbundenheit
(und sei es bloß Einbildung).
Diese Sache, sie ist nicht groß,
nicht besonders, nicht ungewöhnlich, nicht
übermenschlich,
nicht Krieg, nicht Mondlandung,
nicht Entdeckung, nicht Jahrhundertwerk,
nicht Gipfelbesteigung, nicht Kamikazeflug:
Ich teile sie mit den Millionen,
mit dem Nachbarn ebenso
wie mit den Bewohnern des Randes der Welt,
wo durch die gemeinsame Sache
die gleiche Mitte der Welt entsteht
wie hier bei mir.

Ja, diese Sache, der mit den Jahren die Dauer
entspringt,
sie ist wesentlich unscheinbar,
der Rede nicht wert,
wohl aber des Festhaltens durchs Schreiben:
Denn sie muß meine Hauptsache sein.

Sie muß meine wahre Liebe sein.
Und ich muß,
damit mir die Dauermomente entspringen
und meinem starren Gesicht eine Prägung geben
und meiner leeren Brust ein Herz einsetzen,
meine Liebe,
unbedingt,
üben, jahraus und jahrein.
Bei der Sache bleibend,
die mir lieb und die Hauptsache ist,
solcherart ihr Verjähren verhindernd,
fühle ich dann vielleicht,
und ausschließlich unvermutet,
den Schauder der Dauer,
und jedesmal am Nebensächlichen,
beim behutsamen Schließen einer Tür,
beim sorgfältigen Schälen eines Apfels,
beim aufmerksamen Überschreiten einer
  Schwelle,
beim Sichbücken nach einem Nähfaden.

Das Gedicht von der Dauer ist ein Liebesgedicht.
Es handelt von einer Liebe auf den ersten Blick,
welchem noch zahlreiche solcher ersten Blicke
 nachfolgten.
Und diese Liebe,
sie hat die Dauer in keinem Akt,
vielmehr in einem Vorher und Nachher,
wo, durch den anderen Zeitsinn des Liebens,
das Vorher auch Nachher
und das Nachher auch Vorher war.
Wir hatten uns schon vereinigt,
bevor wir uns vereinigt hatten,
vereinigten uns weiter,
nachdem wir uns vereinigt hatten,
und lagen so jahrelang,
Hüfte an Hüfte, Atem in Atem,
nebeneinander.
Deine braunen Haare färbten sich rot
und erblondeten.
Deine Narben vermehrten sich
und wurden dann unauffindbar.

Deine Stimme zitterte,
wurde fest, flüsterte, bebte,
geriet in einen Singsang,
war der einzige Laut in der weltweiten Nacht,
schwieg, mir zur Seite.
Deine glatten Haare kräuselten sich,
deine hellen Augen dunkelten,
deine großen Zähne wurden klein,
die gespannte Haut deiner Lippen
bekam ein feines weichgezeichnetes Muster,
an deinem immerglatten Kinn
ertastete ich eine niedagewesene Grube,
und unsere Körper, statt dem anderen wehzutun,
fügten sich spielend in eins,
während sich an der Zimmerwand,
im Laternenlicht von der Straße her,
die Schatten der Gartenbüsche Europas
bewegten,
die Schatten der Bäume Amerikas
die Schatten der Nachtvögel von überall.

Doch die Dauer,
sie ist nicht gebunden an die Geschlechterliebe.
Sie kann, in der gleichen Weise,
dich umfangen in der stetig geübten Liebe zu deinem Kind,
Und auch da nicht etwa im Hätscheln,
Streicheln und Abküssen,
sondern wieder allein auf dem Umweg über die Nebensachen,
auf dem Königsweg über ein Drittes!,
den Liebesdienst,
womit du dem Kind, ihm dienend,
die Ruhe läßt:
Die Dauer mit deinem Kind,
sie lebt vielleicht auf
in den Augenblicken des geduldigen Zuhörens,
in dem Augenblick, da du,
mit der gleichen bedachtsamen Geste,
mit der du vor einem Jahrzehnt
den blauen Kapuzenmantel »in Kindergröße«
über den Bügel hängtest,

jetzt die braune Wildlederjacke
»in Erwachsenengröße«
über einen ganz anderen Bügel in einer ganz
anderen Stadt hängst,
die Dauer mit deinem Kind,
sie kann dich überwältigen,
sooft du, seit Stunden eingeschlossen ins
Zimmer,
mit einer dir nützlich dünkenden Arbeit,
in der Stille den dir zur Richtigkeit des Ganzen
noch fehlenden Zusatz,
das Geräusch der sich öffnenden Haustür hörst,
Zeichen der Heimkehr,
welches dir da,
Geräuschempfindlichster der
Geräuschempfindlichen,
bist du nur zugleich recht bei der Sache,
als die schönste Musik erklingt.
Und die Dauer mit deinem Nachkommen,
du erfährst sie am stärksten vielleicht,
wenn du dich unsichtbar machst:

ihm insgeheim nachschaust auf seinem
tagtäglichen Weg,
dem Bus, in den er gestiegen ist, vorausgehst,
um dann in der Reihe der Fremden am Fenster
das eine vertraute Gesicht
vorüberfahren zu sehen,
oder dir auch bloß aus der Ferne vorstellst,
ihn unter den andern, geschützt von den andern,
geachtet von den andern,
im Gedränge der Untergrundbahnen zu sehen.

Für solche Momente der Dauer
erlaubt sich das Gedicht ein besonderes Zeitwort:
Sie bestirnen dich.

Aber auch dir selber geneigt bleiben über
die Jahre,
kann dir Dauer geben.
Mir freundschaftlich in die Augen blicken zu
können,
spricht mich manchmal frei.

An das Kind denken zu können,
welches ich war,
heißt schon, es wiederzufinden.
Nachsicht zu üben mit meinen Mängeln
(nicht meinen Übergriffen),
mich, geschieht mir das Unrecht, zu
  begütigen
als mein einziger Angehöriger,
mir, im Triumph über ein glückliches Wort
an der richtigen Stelle,
auf die Brust zu trommeln
und durch mein Urwaldzimmer ein »Ja« zu
  brüllen,
kann mich verjüngen
wie eine Flasche köstlichsten Weins
(mit anderer Nachwirkung).

Eigentümlich auch das Dauergefühl
angesichts mancher kleinen Dinge,
je unscheinbarer, desto ergreifender:
Jenes einen Löffels,

der mich durch all die Umzüge begleitet hat,
jenes einen Handtuchs,
welches in den verschiedensten Badezimmern
hing,
der Teekanne und des Flechtstuhls,
jahrelang abgestellt in einem Keller
oder irgendwo eingelagert,
und jetzt endlich wieder am Platz,
zwar einem andern als dem angestammten,
und trotzdem auf dem ihren.

Und schließlich:
Wohl einem jeden, der seine Orte der Dauer
hat;
er ist, und sei er für immer versetzt in die
Fremde,
ohne Aussicht auf Rückkehr in seine
Umgebung,
kein Heimatvertriebener mehr.

Und auch die Orte der Dauer sind glanzlos,
sind oft auf keiner Karte verzeichnet
oder haben da keinen Namen.

Den »Griffener See« kennt kein Auswärtiger,
und selbst manche Kinder meines Geburtsdorfs
wissen heute wohl nicht mehr,
daß in ihrer Nähe ein See ist,
von dem es, zwischen den Kriegen,
noch Ansichtskarten gab mit Seerosen
und dem Aufdruck »Griffen am Griffener See«.
Und doch ist die verlandende Lache,
welche bald völlig verschwunden sein soll
– so denken die Trassenplaner der Autobahn –,
ein großer Ort der Dauer für mich.
In der Kindheit begleitete ich den Großvater
dorthin zum Futterschneiden.
Der See lag, jenseits der asphaltierten
   Durchfahrtsstraße
und dann noch jenseits der geschotterten
   »Alten Straße«,

verborgen in einer Senke am Fuß jenes Bergs,
nach dem eine Schlacht des Mittelalters
 benannt ist,
»die Schlacht am Wallersberg«,
und welchen ich immer wieder durchstreifte
auf der Suche nach den verrosteten
 Waffenresten
aus jenem vierzehnten Jahrhundert.
Wir stießen vom Ufer ab
in einem fast viereckigen Nachen,
der in der Mundart »Schinakel« hieß,
und stakten durch dichtes Schilf hinaus zu der
 Stelle,
die unser Pachtbezirk war,
und wo die grünlichen saftigen Wasserpflanzen
 standen,
der »Hasch«, ein Lieblingsfressen der Kühe,
eine gute Würze der Milch.
Im Augenblick liegt ein Halm, längst
 vertrocknet,
neben mir auf dem Schreibtisch,

aufgelesen in einem ganz anderen See,
dem See von Doberdob bei Triest,
dem einzigen Karstsee.
Das Exempel, es knistert in meinen Händen,
und ich höre wieder die Frühregentropfen von damals
in unseren Nachen fallen.
Er ist getigert, oder auch nur stockfleckig,
und sowie ich ihn aufbreche,
staubt es aus seinem Mark,
welches süß riecht, süßer als jedes Stroh,
und an dem ich jetzt neu das Malmen der Rindszähne höre.
Jene Ernten geschahen im Sommer, im Morgengrauen,
mit der Sichel,
und während einer solchen Ausfahrt
hauchte zu Hause die kranke Gattin des alten Mannes
lautlos ihr Leben aus.
Der Nachen war mit der Zeit nicht mehr dicht,

und schwarzer Schlamm quoll durch die Ritzen,
mit Blutegeln darin,
die der Großvater dem Kind und sich
an die gleichermaßen weißen Knechtsbeine
setzte,
weil das gesund sei:
Warten auf den Moment,
da die wurmkleinen Tiere,
an der Haut haftend,
sich mit einem scharfen Stich darin festbissen
und zusehends aufquollen,
größer als nacktschneckengroß.
Heutzutage ist der den See durchfließende Bach
kanalisiert,
und das von dem Gewässer noch Übrige
den Augen entzogen durch Schilf und Gestrüpp.
Das Boot der Familie hat übergesetzt über die
Landesgrenze,
an den *Lago di Doberdò*, oder im ortsüblichen
Slowenisch: *Doberdobsko jezero*,
wo ein Erlenstock als Ruder dient

und die Wasserläufer die Egel ersetzen.
Doch an den beiden Seen herrscht
die gleiche liebliche Stille der Dauer,
und sooft ich kann, will ich hierhin wie dorthin
pilgern.
In der Stille an diesen Seen
weiß ich, was ich tue,
und indem ich weiß, was ich tue,
erfahre ich, wer ich bin.
Ich stehe an ihren Ufern,
die Augen und Ohren offen,
und lasse es Abend werden.
Vielfältig die Geräusche der Wasservögel,
durch welche die Stille geräumig wird:
Ich lerne von ihr.
Im Dickicht, tief eingedrückt in den
Schlammboden,
die Spuren von Wildhufen.
Eines Tages, in meiner Liebe zum Griffener See,
stapfte ich in dem Abflußbächlein stromauf
– denn es gibt durch den See keinen anderen Weg –

und trübte mit meinen Schritten das klare Wasser;
Sandwolken, die vom Grund aufstiegen,
glitzernd von Glimmer,
mir die Hüften umgürtend,
ein silbriges Korn, vielleicht bestimmt
für das Schwarze Meer.

Im Gegensatz zu diesem verschwindenden See
ist die Porte d'Auteuil eingezeichnet auf jedem
Plan von Paris:
Sie hat ihre Bedeutung als eine der Westpforten
der Stadt,
wurde aber für mich mit den Jahren noch mehr.
Viele der Stadtstraßen, aus Ost, Nord und Süd,
werden da aufgenommen von einem weiten
gewölbten Platz,
über den es hinausgeht
nach Boulogne, Saint-Cloud und Versailles
und weiter in die Normandie und ans Meer.
Davon ist in dem beständigen Tosen und
Dröhnen der Fahrzeuge

– auch dem Rumpeln der altertümlichen Züge
am kleinen Sackbahnhof –
unter dem Stadtrandhimmel
eine immer neu aufwallende Ahnung,
während das Offensichtliche hinter dem Platz
zunächst nur der Bois de Boulogne ist,
mit seinen sehr hohen Kiefern, Zedern und
Platanen,
so als sei die Porte d'Auteuil ein Übergang,
unmittelbar,
von der Metropole hinein in den Tropenwald.
Auch dieser Platz in der Fremde ist,
wie der Griffener See,
inzwischen mein weltlicher Wallfahrtsort,
zu dem ich, in Abständen, mich auf den Weg
mache,
weil ich mir von ihm das Wunder der Dauer
erwarte
(ohne dessen freilich sicher zu sein).
Durch die Nähe des Prinzenparkstadions
und der Pferderennbahn

ist die Pforte von Auteuil frei von allem
Pariserischen;
ein Stadtrandlokal ist die »Epsom Tavern«,
ein Sportgeschäft folgt dem andern,
und die mächtigen düsteren Bürgerburgen
könnten in Mailand stehen.
Dieser Platz ist,
Voraussetzung für das Ereignis der Dauer?,
ein vollkommenes Muster der Allerwelt.
In der Nacht, zugleich mit dem im Rinnstein
rinnenden Wasser,
pendeln die Kugeln in den Platanen,
wehen die Ligusterbüsche,
springen, gestaffelt im nachtschwarzen Raum,
unaufhörlich die Farben der Ampeln um,
wie bei einem Spielautomaten,
an welchem ich mich niemals sattspielen werde,
und brausen, wie Luft holend,
von überallher die Autos und Busse
mit ihren gelben französischen
Scheinwerferlichtern,

daß der Betrachter unter seinen Sohlen
ein Asphaltbeben spürt.
Obwohl ich erst als ein Dreißigjähriger
an diese Stelle kam,
ist mir, als hätte ich da meine Jugend verbracht
und verbrächte sie allda immer noch,
und selbst die Widrigkeiten
– mein Um-den-Platz-Irren in Herzangst,
die rollenden Panzer der Nationalfeiertage,
den Straßenbelag zerfurchend und zerfetzend,
die Fußballbetrunkenen mit ihren Whisky-
    flaschen im Schlund,
jener eine Verkehrsteilnehmer,
der aus dem Wagen sprang
und seinem Widersacher die Pistole vorhielt –
können meinem Vertrauen zu dem Ort der
    Dauer nichts anhaben.
Ich wünsche, dort noch oft den Anhauch der
    Dauer zu spüren.

Mein Hauptort der Dauer aber
ist die Fontaine Sainte-Marie
in dem Vorstadtwald von Clamart und Meudon.
Sie entspringt in einer Lichtung des Walds,
in einem Grasdreieck gebildet aus sich
schneidenden Wegen,
mit einem kleinen Wirtshaus am Rand, einem
Gartenlokal,
außen rotgefärbelte Steinbaracke,
innen wohnlich,
wovon man sommers und winters den Blick
auf Quelle,
Lichtung und einen in den Horizont führenden
lehmgelben Dammweg hat.
Gefragt, wo meine Mitte der Welt sei,
würde ich die Fontaine Sainte-Marie nennen.
Und sie ist in der Tat eine Mitte;
denn an ihr machte ich jedesmal Rast,
wenn ich, von der Vorstadt Clamart,
durch den Wald ging,
um in der nächsten Vorstadt, Meudon,

das Kind von der Schule abzuholen,
und wiederhole diese Strecke jetzt,
wann immer ich kann.
Im nahen Paris fließt die Seine,
fließen die Wasser im Rinnstein,
doch sonst weit und breit nichts.
Die paar einstigen Bäche münden unter der
Erde,
sind übermauert.
In der Fontaine Sainte-Marie
ist mir die einzige Quelle der Weltstadt
begegnet,
das einzige natürliche, lebendige Rinnsal.
Nähere ich mich ihm,
niemals abgesetzt von einem Fahrzeug,
immer zu Fuß,
kann ich, schon an der Schwelle des Walds,
auf eine Anziehung hoffen,
in der alles übliche Gegrübel abläßt von mir
und mein Denken das reine Bedenken der Welt
wird.

An die Stelle des Geredes in mir,
der Marter aus vielen Stimmen,
tritt die Nachdenklichkeit,
eine Art erlösenden Schweigens,
aus welchem dann doch, bei der Ankunft am Ort,
ein ausdrücklicher, mein höchster Gedanke
sich aufschwingt:
Retten, retten, retten!
In einem so sanften wie gewaltigen Ruck
runden sich die Augen,
und knirscht es in den Gehörgängen,
und ich feiere in der Lichtung
das Dankfest der Hiesigkeit.
Der schwarze Dobermann mit seinen
knickenden Beinen
mag mir jetzt ruhig in den Kniekehlen
schnüffeln.
An gewissen Tagen ist das Wirtshaus
geschlossen,
zu manchen Jahreszeiten die Quelle versiegt
– wird vielleicht bald für immer unter Beton sein –,

aber das tut nichts zur Sache:
Hier ist er ja, der Dauerort,
wo ich damals wie jetzt meinen Bogen beschreibe,
mit der Erde in der Gestalt der sich sträubenden
Haselkätzchen im Vorfrühling,
mit der Menschheit in Form der den Kinderwagen
auf dem Dammweg an der langen Mauer vorbei
in den Horizont hinein schiebenden Frau.
Arthur, als ich zuletzt in Paris war,
hatten wir abgemacht,
gemeinsam wieder einmal zur Fontaine Sainte-Marie zu gehen.
Doch dann, mit dir dort,
nach einer guten Stunde zusammen,
drängte es mich, anders als beschlossen,
auf dem Weg allein weiter,
und ich schickte dich heim.

Du verstandest
– Übersetzer nicht von Beruf,
sondern von Herzen,
Mitdenker, Schauspieler des Textes, Freund –
ohne Erklärung, und trolltest dich,
lachend und winkend, zurück in die Stadt,
zu deiner Porte des Lilas, der Ostpforte,
    dem Fliedertor
sehntest dich wohl, genauso wie ich,
allein in Begleitung der Dauer zu sein.
Ja, Fontaine Sainte-Marie, oder Porte des Lilas,
ihr seid geliebt.

Doch das leibhafte Reisen,
das alljährliche Pilgern und Wallfahrten,
um den Ruck der Dauer,
den begeisternden Zusatz,
tut es mir wirklich noch not?
Erinnere dich an den Neidstich von früher,
sooft du auf den Straßen deines seit
    Erzbischofszeiten

den Geist verbannenden Wohnorts
jene Leute mit dem (leichten) Gepäck
unterwegs zu den Bahnsteigen sahst,
und an das Ziehen in der Brust
bei der Vorstellung, in der ihre Schleife
westwärts
durch den Himmel beschreibenden Abend-
maschine zu sitzen.
Inzwischen brauche ich meine Weltreisen
zu den Stätten der Dauer nicht mehr.
Auch in der Abwesenheit, plötzlich,
wenn ich mir Zeit lasse,
beim gemächlichen Einschrauben einer
Glühbirne,
beim Wiegen eines Steins in der Hand,
bei einem sorgfältigen Handgriff,
bemächtigt sich meiner, vielleicht,
die rauschende Stille am Griffener See,
grenzt an den von den Fiakerkutschen
bimmelnden Residenzplatz
das Getümmel und Gewoge der Porte d'Auteuil,

richte ich mich, alterslos, auf
am Dreieck der Fontaine Sainte-Marie.
Ich habe mich erzogen
zur Erwartung der Dauer
ohne den Aufwand der Pilgerfahrt.

Doch das bloße Zuhausehocken genügt nicht;
Ich muß der Dauer entgegengehen.
Dem entgegenzugehen, was mir lieb ist,
oder darauf zugehen,
das beatmet mich,
stärker und nachhaltiger als jeder Dauerlauf.
Nicht zum im Haus Sitzenden,
sondern zum heimwärts Wandernden
tritt die Dauer hinzu,
wie zum hilfsbedürftigen Odysseus
seine göttliche Freundin Pallas Athene.
Aber auch daheim gesellt sie sich immer wieder
zu mir,
wenn ich draußen im Garten auf und ab gehe,
im Schnee, im Regen, in der Sonne, im Sturm,

angesichts des wogenden Buchsbaums,
der von Spinnennetzen durchzogenen Eibe,
der den Luftraum durchtauchenden,
laut Sohar »die Stimme lenkenden Vögel des
  Himmels«,
oder wenn ich mich drinnen im Zimmer
an den sogenannten Arbeitstisch setze –
hier jedoch nicht bei meiner Sache, dem Text,
sondern wiederum bei all dem bewährten
  Nebenbei,
dem Zurückschieben des Stuhls,
dem Seitenblick in die Lade,
mit den sich im Lauf der Jahre ansammelnden
  Bleistiftstummeln,
dem Seitenblick in das Fach
mit der im Lauf der Jahre vermehrten Riege
  der Brillen,
den Seitenblicken hinaus ins Freie,
wo die Katzen ihre Spuren
durch den tiefen Schnee und das hohe Gras
  ziehen,

im Ohr das Pfeifen und Holpern der
die Ebene durchrollenden Eisenbahnen,
je nach dem Wind aus verschiedenen
Richtungen.

Dauer, meine Ruhe.
Dauer, mein Rastplatz.

Zeitruck der Dauer, du umgibst mich
mit einem beschreiblichen Raum,
und das Beschreiben schafft dessen Folgeraum.

Wahr bleibt:
Die Dauer ist kein Gemeinschaftserlebnis.
Sie bildet kein Volk.
Und trotzdem bin ich im Zustand der Gnade
der Dauer
endlich nicht bloß ich allein.
Die Dauer ist meine Ablöse,
sie läßt mich gehen und sein.
Von der Dauer beseelt,

bin ich auch jene andern,
welche schon vor meiner Zeit an dem
Griffener See standen,
welche nach mir die Porte d'Auteuil umkreisen
werden,
mit denen allen ich zu der Fontaine Sainte-
Marie
gegangen sein werde.
Von der Dauer gestützt,
trage ich Eintagswesen
meine Vorgänger und Nachfolger
auf meinen Schultern,
eine erhebende Last.
Darum war die Dauer eine Gnade zu nennen,
und haben nicht auch ihre Bilder und Töne
den entsprechenden Schimmer und Klang?:
Der in die Morgenpfützen fallende Abend-
regen,
der in die Teekanne wehende Schnee,
die immergleichen Aufschriften auf den
Speditionslastern,

welche auf der Autobahnbrücke über die
  Salzach brausen.

Der Ruck der Dauer,
er stimmt für sich schon ein Gedicht an,
gibt einen wortlosen Takt,
mit welchem,
befreiende Zutat,
in meinen Adern der Puls eines Epos schlägt,
worin das Gute am Ende doch siegen wird.

Mit der Handauflegung der Dauer
schließt sich die Wunde,
welche mir erst bewußt wird,
indem sie sich schließt.

Der Anstoß der Dauer ist das,
was mir gefehlt hat.
Wer nie die Dauer erfuhr,
hat nicht gelebt.

Die Dauer entrückt nicht,
sie rückt mich zurecht.
Aus dem Scheinwerferlicht des Tagesgeschehens
flüchte ich entschlossen ins ungewisse Lager
der Dauer.

Dauer ist der Fall,
wenn ich an dem Kind,
welches kein Kind mehr ist
– vielleicht schon ein Greis –,
die Augen des Kindes wiederfinde.

Dauer ist nicht im unvergänglichen
vorzeitlichen Stein,
sondern im Zeitlichen,
Weichen.

Tränen der Dauer, allzu selten!,
Tränen der Freude.

Unzuverlässige, nicht zu erbittende,
nicht zu erbetende
Rucke der Dauer:
Ihr seid nun gefügt
zum Gedicht.

März 1986, Salzburg

»Kein Bild wird die Intuition der Dauer ersetzen, doch viele verschiedene Bilder, entnommen den Ordnungen sehr unterschiedlicher Dinge, könnten, in ihrer Bewegung zusammenwirkend, das Bewußtsein genau an jene Stelle lenken, wo eine gewisse Intuition faßbar wird.«

Henri Bergson

Bibliothek Suhrkamp

Verzeichnis der letzten Nummern

629 Louis Aragon, Libertinage, die Ausschweifung
632 Meinrad Inglin, Werner Amberg. Die Geschichte seiner Kindheit
634 Rainer Maria Rilke, Die Sonette an Orpheus
636 François Mauriac, Die Tat der Thérèse Desqueyroux
639 Yasushi Inoue, Eroberungszüge
640 August Strindberg, Das rote Zimmer
641 Ernst Simon, Entscheidung zum Judentum
643 E. M. Cioran, Über das reaktionäre Denken
644 Julien Green, Jugend
645 Marie Luise Kaschnitz, Beschreibung eines Dorfes
646 Thomas Bernhard, Der Weltverbesserer
648 Volker Braun, Unvollendete Geschichte
649 Hans Carossa, Ein Tag im Spätsommer 1947
650 Jean-Paul Sartre, Die Wörter
655 Robert Walser, Geschichten
659 Wolfgang Koeppen, Das Treibhaus
663 Hans Erich Nossack, Der Neugierige
665 Mircea Eliade, Fräulein Christine
670 Ding Ling, Das Tagebuch der Sophia
672 Karl Krolow, Gedichte
676 Mircea Eliade, Neunzehn Rosen
677 Erich Kästner, Gedichte
680 Rudolf Jakob Humm, Die Inseln
681 Misia Sert, Pariser Erinnerungen
682 Hans Henny Jahnn, Die Nacht aus Blei
683 Luigi Malerba, Geschichten vom Ufer des Tibers
684 Robert Walser, Kleine Dichtungen
685 Reinhold Schneider, Verhüllter Tag
688 Hans Carossa, Führung und Geleit
689 Ferdinand Ebner, Das Wort und die geistigen Realitäten
690 Hugo Ball, Zur Kritik der deutschen Intelligenz
695 Gertrude Stein, Ida
696 Odysseas Elytis, Ausgewählte Gedichte
697 Wisława Szymborska, Deshalb leben wir
699 Machado de Assis, Dom Casmurro
700 Peter Weiss, Abschied von den Eltern
701 Wladimir Tendrjakow, Die Abrechnung
702 Ernst Weiß, Der Aristokrat
703 Christian Wagner, Gedichte
704 August Strindberg, Plädoyer eines Irren
706 Ernst Penzoldt, Zugänge
707 Mercè Rodoreda, Reise ins Land der verlorenen Mädchen

709 Yasushi Inoue, Das Tempeldach
710 Bertolt Brecht, Mutter Courage und ihre Kinder
712 J. Rodolfo Wilcock, Das Buch der Monster
715 Bohumil Hrabal, Schneeglöckchenfeste
716 Michel Leiris, Lichte Nächte und mancher dunkle Tag
717 Colette, Diese Freuden
718 Heinrich Lersch, Hammerschläge
719 Robert Walser, An die Heimat
720 Miguel Angel Asturias, Der Spiegel der Lida Sal
721 Odysseas Elytis, Maria Nepheli
722 Max Frisch, Triptychon
724 Heinrich Mann, Professor Unrat
726 Bohumil Hrabals Lesebuch
727 Adolf Muschg, Liebesgeschichten
728 Thomas Bernhard, Über allen Gipfeln ist Ruh
729 Wolf von Niebelschütz, Über Barock und Rokoko
730 Michail Prischwin, Shen-Schen
732 Heinrich Mann, Geist und Tat
733 Jules Laforgue, Hamlet oder die Folgen der Sohnestreue
734 Rose aus Asche
736 Jarosław Iwaszkiewicz, Drei Erzählungen
737 Leonora Carrington, Unten
738 August Strindberg, Der Todestanz
739 Hans Erich Nossack, Das Testament des Lucius Eurinus
741 Miguel Angel Asturias, Der Böse Schächer
742 Lucebert, Die Silbenuhr
743 Marie Luise Kaschnitz, Ferngespräche
744 Emmanuel Bove, Meine Freunde
745 Odysseas Elytis, Lieder der Liebe
746 Boris Pilnjak, Das nackte Jahr
747 Hermann Hesse, Krisis
748 Pandelis Prevelakis, Chronik einer Stadt
749 André Gide, Isabelle
750 Guido Morselli, Rom ohne Papst
752 Luigi Malerba, Die Entdeckung des Alphabets
753 Jean Giraudoux, Siegfried oder Die zwei Leben des Jacques Forestier
754 Reinhold Schneider, Die Silberne Ampel
755 Max Mell, Barbara Naderer
756 Natalja Baranskaja, Ein Kleid für Frau Puschkin
757 Paul Valery, Die junge Parze
758 Franz Hessel, Heimliches Berlin
759 Bruno Frank, Politische Novelle
760 Zofia Romanowiczowa, Der Zug durchs Rote Meer
761 Giovanni Verga, Die Malavoglia
762 Roland Barthes, Am Nullpunkt der Literatur
763 Ernst Weiß, Die Galeere

764 Machado de Assis, Quincas Borba
765 Carlos Drummond de Andrade, Gedichte
766 Edmond Jabès, Es nimmt seinen Lauf
767 Thomas Bernhard, Am Ziel
768 Ödön von Horváth, Mord in der Mohrengasse / Revolte auf Côte 3018
769 Thomas Bernhard, Ave Vergil
770 Thomas Bernhard, Der Stimmenimitator
771 Albert Camus, Die Pest
772 Norbert Elias, Über die Einsamkeit der Sterbenden in unseren Tagen
773 Peter Handke, Die Stunde der wahren Empfindung
774 Francis Ponge, Das Notizbuch vom Kiefernwald / La Mounine
775 João Guimarães Rosa, Doralda, die weiße Lilie
776 Hermann Hesse, Unterm Rad
777 Lu Xun, Die wahre Geschichte des Ah Q
778 H. P. Lovecraft, Der Schatten aus der Zeit
779 Ernst Penzoldt, Die Leute aus der Mohrenapotheke
780 Georges Perec, W oder die Kindheitserinnerung
781 Clarice Lispector, Die Nachahmung der Rose
782 Natalia Ginzburg, Die Stimmen des Abends
783 Victor Segalen, René Leys
785 Uwe Johnson, Skizze eines Verunglückten
786 Nicolás Guillén, Ausgewählte Gedichte
787 Alain Robbe-Grillet, Djinn
788 Thomas Bernhard, Wittgensteins Neffe
789 Vladimir Nabokov, Professor Pnin
790 Jorge Luis Borges, Ausgewählte Essays
791 Rainer Maria Rilke, Das Florenzer Tagebuch
792 Emmanuel Bove, Armand
793 Bohumil Hrabal, Bambini di Praga
794 Ingeborg Bachmann, Der Fall Franza/Requiem für Fanny Goldmann
795 Stig Dagerman, Gebranntes Kind
796 Generation von 27, Gedichte
797 Peter Weiss, Fluchtpunkt
798 Pierre Loti, Aziyadeh
799 E. M. Cioran, Gevierteilt
800 Samuel Beckett, Gesellschaft
801 Ossip Mandelstam, Die Reise nach Armenien
802 René Daumal, Der Analog
803 Friedrich Dürrenmatt, Monstervortrag
804 Alberto Savinio, Unsere Seele/Signor Münster
805 Henry de Montherlant, Die Junggesellen über Gerechtigkeit und Recht
806 Ricarda Huch, Lebenslauf des heiligen Wonnebald Pück
807 Samuel Beckett, Drei Gelegenheitsstücke

808 Juan Carlos Onetti, So traurig wie sie
809 Heinrich Böll, Wo warst du, Adam?
810 Guido Ceronetti, Das Schweigen des Körpers
811 Katherine Mansfield, Meistererzählungen
812 Hans Mayer, Ein Denkmal für Johannes Brahms
813 Ogai Mori, Vita sexualis
814 Benito Pérez Galdós, Miau
815 Gertrud Kolmar, Gedichte
816 Rosario Castellanos, Die neun Wächter
817 Bohumil Hrabal, Schöntrauer
818 Thomas Bernhard, Der Schein trügt
819 Martin Walser, Ein fliehendes Pferd
820 Gustav Januš, Gedichte
821 Bernard von Brentano, Die ewigen Gefühle
822 Franz Hessel, Der Kramladen des Glücks
823 Salvatore Satta, Der Tag des Gerichts
824 Marie Luise Kaschnitz, Liebe beginnt
825 John Steinbeck, Die Perle
826 Clarice Lispector, Der Apfel im Dunkel
827 Bohumil Hrabal, Harlekins Millionen
828 Hans-Georg Gadamer, Lob der Theorie
829 Manuel Rojas, Der Sohn des Diebes
830 Jacques Stéphen Alexis, Der verzauberte Leutnant
831 Gershom Scholem, Judaica 4
832 Elio Vittorini, Erica und ihre Geschwister
833 Oscar Wilde, De Profundis
834 Peter Handke, Wunschloses Unglück
835 Ossip Mandelstam, Schwarzerde
836 Mircea Eliade, Dayan / Im Schatten einer Lilie
837 Angus Wilson, Späte Entdeckungen
838 Robert Walser, Seeland
839 Hermann Hesse, Sinclairs Notizbuch
840 Luigi Malerba, Tagebuch eines Träumers
841 Ivan Bunin, Mitjas Liebe
842 Jürgen Becker, Erzählen bis Ostende
843 Odysseas Elytis, Neue Gedichte
844 Robert Walser, Die Gedichte
845 Paul Nizon, Das Jahr der Liebe
846 Félix Vallotton, Das mörderische Leben
847 Clarice Lispector, Nahe dem wilden Herzen
849 Ludwig Hohl, Daß fast alles anders ist
850 Jorge Amado, Die Abenteuer des Kapitäns Vasco Moscoso
851 Hermann Lenz, Der Letzte
852 Marie Luise Kaschnitz, Elissa
853 Jorge Amado, Die drei Tode des Jochen Wasserbrüller
854 Rudyard Kipling, Das Dschungelbuch
855 Alexander Moritz Frey, Solneman der Unsichtbare

856 Kobo Abe, Die Frau in den Dünen
857 Thomas Bernhard, Beton
858 Felisberto Hernández, Die Hortensien
860 Juije Trifow, Zeit und Ort
861 Shen Congwen, Die Grenzstadt
862 Ogai Mori, Die Wildgans
863 Karl Krolow, Im Gehen
865 Gertrud von le Fort, Die Tochter Farinatas
866 Joachim Maass, Die unwiederbringliche Zeit
867 Stanisław Lem, Die Geschichte von den drei geschichtenerzählenden Maschinen des Königs Genius
868 Peter Huchel, Margarethe Minde
869 Hermann Hesse, Steppenwolf mit 15 Aquarellen von Gunter Böhmer
870 Thomas Bernhard, Der Theatermacher
871 Hans Magnus Enzensberger, Der Menschenfreund
872 Emmanuel Bove, Bécon-les-Bruyères
873 Max Frisch, Biografie: Ein Spiel, Neue Fassung 1984
874 Anderson/Stein, Briefwechsel
875 Rafael Sánchez Ferlosio, Abenteuer und Wanderungen des Alfanhui
877 Franz Hessel, Pariser Romanze
878 Danilo Kiš, Garten, Asche
879 Hugo von Hofmannsthal, Lucidor
880 Adolf Muschg, Leib und Leben
881 Horacio Quiroga, Geschichten von Liebe, Irrsinn und Tod
882 Max Frisch, Blaubart
883 Mircea Eliade, Nächte in Serampore
884 Clarice Lispector, Die Sternstunde
885 Konrad Weiß, Die Löwin
887 Jean Grenier, Die Inseln
888 Thomas Bernhard, Ritter, Dene, Voss
889 Max Jacob, Höllenvisionen
890 Rudyard Kipling, Kim
891 Peter Huchel, Die neunte Stunde
892 Scholem-Alejchem, Schir-ha-Schirim
893 Ferreira Gullar, Schmutziges Gedicht
894 Martin Kessel, Die Schwester des Don Quijchote
895 Raymund Queneau, Mein Freund Pierrot
899 Thomas Bernhard, Der Untergeher
900 Martin Walser, Gesammelte Geschichten
901 Leonora Carrington, Das Hörrohr
902 Henri Michaux, Ein gewisser Plum
903 Walker Percy, Der Kinogeher
904 Julien Gracq, Die engen Wasser
909 Marie Luise Kaschnitz, Menschen und Dinge 1945
910 Thomas Bernhard, Einfach kompliziert

Bibliothek Suhrkamp

Alphabetisches Verzeichnis